Vipère au poing

FichesdeLecture.com

Vipère au poing
(Fiche de lecture)

I. BIOGRAPHIE

Hervé Bazin est né à Angers en 1911 dans une famille bourgeoise, traditionaliste et profondément catholique. Dans une famille de ce type, où l'on suit la route toute tracée, ou l'on se révolte. Il se révoltera donc, et fort. L'éducation qu'il aura reçue tout au long de son enfance et de son adolescence, ses déplorables rapports avec sa mère ne pourront que l'y pousser. Après de vagues études de droit et avoir été inscrit de force à Saint-Cyr, il fera une fugue vers Paris avec la voiture familiale. Un terrible accident va l'obliger à faire un long séjour à l'hôpital. À sa sortie, il fera un peu de tout pour vivre et cela pendant plus de douze années avant de se tourner vers l'écriture. Il tentera d'abord sa chance en poésie, mais, en 1948, il publie « Vipère au poing ». En même temps que le scandale, ce livre lui apportera la notoriété. Bien d'autres suivront et, dans certains d'entre eux, nous retrouverons même Folcoche devenue belle-mère, puis grand-mère. En 1960 il devient membre de l'académie Goncourt, puis président en 1973. De révolté contre sa famille, il deviendra le peintre des mœurs d'une époque tout en s'engageant dans différents mouvements en faveur des opprimés.

Hervé Bazin meurt à Angers en 1996

II. BIBLIOGRAPHIE

Ses principaux livres sont :

- Vipère au poing
- La tête contre les murs
- La mort du petit cheval
- Qui j'ose aimer

- L'huile sur le feu
- Au nom du fils
- Le matrimoine
- Les bienheureux de la désolation
- Madame Ex

Etc.

III. RÉSUMÉ

Toute l'histoire de ce livre tourne autour de cinq personnages. Nous pouvons les diviser en deux clans : d'un côté les parents avec la mère, surnommée « Folcoche, et le père, Jacques Rezeau. De l'autre les trois enfants : Frédie, surnommé « Chiffe », Jean surnommé « Brasse-Bouillon » et le plus jeune Marcel, surnommé « Cropette »

La famille Rezeau vit près d'Angers sur le domaine familial de « La Belle Angerie ». Elle se prétend des droits à d'illustres ancêtres et compte un membre qui est grand écrivain et fait partie de l'Académie française, ainsi qu'un autre qui est membre du clergé sous le titre de protonotaire. Comme elle est désargentée, Jacques Rezeau a épousé une fille de banquier breton, mais il n'en profitera pas dans sa vie de tous les jours vu que la dote a été largement entamée par les dévaluations.

Au début de notre histoire, Frédie et Jean sont éduqués par leur grand-mère, le père est enseignant en Chine, où est né Marcel qui, lui, vit là-bas avec ses parents. Il restera toujours le favori de Folcoche. Mais la grand-mère décède et tous les trois doivent rentrer.

Les retrouvailles débuteront déjà très fort quand, encore à la gare, Folcoche gratifiera Jean d'une belle gifle sous l'horrible prétexte qu'il serait dans son chemin... L'ambiance est donnée ! Arrivée à la « Belle Angerie » elle va de suite camper le nouveau mode de vie de la maison. Les trois garçons auront le crâne rasé (elle les tondra avec la vieille tondeuse qui servait pour l'âne) , dormiront séparément et sans chauffage, levés à cinq heures du matin, ils assisteront tous les jours à une messe et ne porteront plus que des sabots, les chaussures coûtant trop cher. Elle supprime aussi les oreillers (ils arrondiraient le dos...) ainsi que les édredons. La nourriture sera des plus frugales et une discipline de fer va s'abattre sur eux.

Celle-ci ira tellement loin que Folcoche verra plusieurs précepteurs la quitter et un qui ira jusqu'à signaler son comportement à l'évêché ! Monsieur Rezeau ferme les yeux, ayant bien trop peur de sa femme, et se réfugie dans sa passion pour l'étude entomologique sur les syrphidés (famille d'insectes capables de voler sur place)

Mais voilà qu'un jour, il va se révolter brutalement contre sa femme et cela devant les enfants. Folcoche, folle de rage, se taira, mais, à peine seule avec les garçons, elle va les ruer tous de coups. Seul Jean va se défendre et lui donnera des coups de pieds dans les tibias. Il n'en sera que plus battu, mais, le soir à table, Monsieur Rezeau fera semblant de ne rien voir. Il n'empêche, voici la première révolte ouverte d'un des garçons.

Folcoche trouve n'importe quels prétextes pour imposer de nouvelles brimades et les garçons en sont à leur septième précepteur. La haine déborde dans cette maison et cette ambiance est très difficile à supporter. « Affirmer son autorité chaque jour par une nouvelle vexation devint la seule joie de Mme Rezeau. Elle sut nous tenir en haleine, nous observer, remarquer et détruire nos moindres plaisirs. »

La domination totale de Folcoche va être attaquée une première fois lorsqu'elle devra être opérée pour une maladie de foie. Son séjour en clinique sera plus long que prévu et elle retrouvera ses fils moins coincés à table, les cheveux non rasés et autorisés à sortir du périmètre étroit du jardin. Elle n'osera pas attaquer Monsieur Rezeau de face et trouvera d'autres vexations.

Quelques semaines plus tard, Monsieur Rezeau voudra rendre visite à quelques personnes et courir des maisons communales à la recherche de membres qu'il espère importants pour son arbre généalogique. Avec l'accord de Folcoche, il emmènera Frédie et Jean. Ceux-ci vont découvrir le petit déjeuner au lit, le chocolat chaud, la couette et bien d'autres merveilles avec l'assentiment de leur père tout à fait détendu par l'absence de sa femme. Une carte de Folcoche va pourtant assombrir ce petit voyage : elle a découvert la cachette secrète de Frédie où les enfants gardaient leur trésor de nourriture et d'argent gagnés avec des gens des environs.

Frédie sera enfermé un mois dans sa chambre, sans aucun contact autorisé, et privé de dessert pendant la même période. Là, la guerre entre Folcoche et Jean va devenir totale ! Il se montrera machiavélique, à l'image de sa mère, et divisera pour régner. Son but est d'obtenir de son père la levée de cette punition qu'il estime totalement excessive. Il finira par l'obtenir, son père profitant de la Saint-Jacques pour lever toutes les punitions. Il le supplie également de les envoyer en pension, mais Monsieur Rezeau répond que cela est impossible, car il n'en a pas les moyens financiers, dit-il.

Folcoche se sentant attaquée va se déchaîner tant et plus dans les semaines qui suivent. Elle fera des trous dans les chemises de Jean aux ciseaux et il répondra en abîmant les plus beaux timbres de la collection de Folcoche. Naît alors dans l'esprit des deux aînés l'idée d'assassiner leur mère. Une première tentative sera réalisée avec de la belladone, médicament dont Folcoche doit prendre vingt gouttes par jour. Ils en mettent cent dans son verre, mais elle est trop habituée à ce produit et cette tentative se solde par une terrible colique. Une seconde tentative sera réalisée en la faisant, soi-disant involontairement, tomber à l'eau tout en étant, tout aussi soi-disant, incapables de l'aider à en sortir. Mais là aussi ils vont échouer...

Folcoche se venge et ordonne au précepteur de fouetter Jean. Celui-ci se barricade dans sa chambre et finit par s'enfuir de la maison. Avec le peu d'argent qu'il est arrivé à cacher, il file en train à Paris, chez les Pluvignec, parents de Folcoche. Il n'y sera pas trop mal reçu, malgré le fait qu'il dérange un peu les habitudes. Son père viendra le reprendre. Comme le dit Jean, la guerre civile va couver à la Belle Angerie... Mais il s'en fout, car il estime être devenu le plus fort. Il a grandi, est le plus jeune et la dominera donc de plus en plus.

En effet, toute cette histoire va se terminer à son avantage. Folcoche va tenter de le faire accuser du vol de son portefeuille qu'elle a caché, au préalable, dans sa chambre à lui. Elle est alors certaine d'obtenir son envoi en maison de redressement. Mais il l'a vu faire et la confond. C'est lui qui arrivera à obtenir de Folcoche, folle de rage, qu'elle impose à son père de les envoyer tous les trois en pension. Elle est vaincue !

IV. CONTEXTE DE L'ŒUVRE

Le contexte de l'œuvre me paraît être un élément très important.

Nous sommes en 1948, au lendemain de la seconde guerre mondiale, encore à une époque dans laquelle l'enfant ne tient absolument pas la place qu'il prend aujourd'hui dans la société. Les parents sont tout puissants, n'envisagent pas du tout comme possible une société telle que nous la connaissons aujourd'hui, c'est-à-dire une société au sein de laquelle l'enfant joue un rôle de « petit roi ». Bien sûr, nous avons ici un cas particulièrement extrême de rigidité et nous pourrions même parler, sans exagérer, de méchanceté et presque de cruauté mentale et physique.

Mais nous ne pouvons pas résumer l'œuvre en ne parlant que du problème parents et enfants. Elle dépasse bien souvent ce contexte pour déborder sur d'autres aspects. Il y a aussi ici des aspects économiques et sociaux très importants. Eux également relèvent bien souvent d'une époque.

La dote de la mère, par exemple, et la pauvreté, relative, de la famille Rezeau. Après 14/18 et 40/45, la France a connu, comme d'autres pays d'Europe, des dévaluations successives. Ce sont elles qui ont fait que les emprunts de la dote Pluvinec sont remboursés avec du papier de bien moindre valeur que celui utilisé pour les acheter. Nombreux seront les épargnants qui perdront ainsi beaucoup d'argent.

Nous voyons aussi une famille Rezeau totalement décalée par rapport à son époque. Elle s'estime toujours au-dessus des autres, alors qu'elle n'est vraiment plus grand-chose. Elle ne produit plus rien et estime que travailler pour gagner sa vie est en dessous de sa condition. Cela va favoriser l'apparition d'une nouvelle classe bourgeoise, une classe bourgeoise travailleuse, comme elle l'avait été au départ. Et encore, les Rezeau s'estime au-dessus de la bourgeoisie. Ils en paraissent même ridicules.

L'emprise de la religion pourrait aussi sembler énorme par rapport à celle d'aujourd'hui. Mais nous sommes en province et, si elle n'est plus aussi omniprésente, cette emprise existe pourtant toujours, mais est devenue plus ouverte aux autres couches sociales.

Tout cela est important pour étudier ce roman d'Hervé Bazin. Il est aussi évident que ce roman est très autobiographique. La famille Rezeau c'est la famille Bazin et le grand-oncle écrivain est René Bazin de l'Académie.

Cet ensemble de préjugés, cette société rigide décrite dans ce livre, va encore mettre du temps pour être vraiment secoué.

Sartre, avec son existentialisme et sa théorie de la liberté, Camus, avec l'absurde et la révolte, Malraux, Gide et bien d'autres avec le communisme, mettront encore bien du temps avant que de faire un rien évoluer tous ces principes.

Le tout finira par éclater avec mai 68, mais cela aura été un véritable travail de sape auprès d'une ou deux générations de jeunes. Et cette réaction tardive et brutale entraînera ses propres excès...

V. LES PERSONNAGES PRINCIPAUX

- Jacques Rezeau

C'est un homme complètement perdu dans son époque. Il n'évolue pas avec son temps, sans être un imbécile pour autant. Il est, tout simplement, victime des préjugés de classe très courants en ce temps là… Écoutez ce qu'en pense Jean : « …pour un Rezeau, le travail salarié n'apparaît pas comme tellement honorable. Il n'y a que les petites gens qui sont obligés de travailler pour vivre. » Et le grand-oncle écrivain ?... Qu'en pense Jean ?... « Le retour à la terre, le retour de l'Alsace, le retour aux tourelles, le retour à la foi, l'éternel retour ! »

Monsieur Rezeau est aussi terriblement lâche et a une peur sans nom de sa femme. Il laisse donc faire et a pris le parti de ne rien voir. Jean est sans pitié quand il lui dit : « Excusez-moi d'être franc, papa. Mais vous vous montrez bien jaloux d'une autorité que vous n'exercez guère. »

- Madame Rezeau dite « Folcoche »

Elle est l'héroïne de ce livre au même titre que Jean. Elle est tout, sauf une mère dans le sens que nous sommes habitués à donner à ce mot. Elle est méchante et même cruelle. C'est une véritable haine qu'elle ressent pour ses deux aînés. Et pourtant elle va reconnaître que Jean est le seul à avoir du courage, le seul à lui ressembler et elle estime même qu'il tient entièrement d'elle. Et Jean lui-même se demande « Quels sont du reste les qualités et surtout les défauts que je ne tienne pas d'elle ? » Et il poursuit : « Ce que tu tentes, je l'aurais tenté… »

Mais Folcoche, avec le temps, ne peut que perdre contre un garçon qui va grandir et forcir… Terminons par cette terrible phrase de Jean à son propos : « Outre ses enfants, je ne lui connaîtrai que deux ennemis : les mites et les épinards. »

- Frédie dit « Chife »

Il est décrit très bien et très vite par Jean : « L'héritier présomptif tenait de mon père tous ses traits essentiels. Chiffe ! Inutile d'aller plus loin. Ce surnom lui conviendra toujours. »

Son comportement sera toujours conforme à cette description.

- Marcel dit « Cropette »

Le petit dernier qui ne saura jamais bien où aller. Il naviguera donc selon les circonstances avec une tendance à se mettre du côté maternel. À sa décharge, il convient cependant de mettre le fait qu'il n'a jamais été élevé avec ses frères avant son arrivée à la Belle Angerie.

- Jean dit « Brasse-Bouillon »

Il est le seul véritable rebelle dans cette histoire. Le seul à oser s'opposer ouvertement à Folcoche. Il en arrive même à ce qu'elle lui manque quand elle ne les accompagne pas. Il aime cette guerre constante, il aime la haine qu'elle lui a apprise et dès qu'elle n'est plus là, la vie lui semble fade, sans sel.

Il est évident qu'une éducation comme celle qu'il a reçue ne peut que marquer un être à vie ! C'est lui qui se retrouve par deux fois à tenter de tuer Folcoche... Il ne le cache d'ailleurs pas quand il dit : « L'occasion... enfin ! L'occasion me fut fournie... »

À la fin du livre il est très clair : « La mentalité que j'arbore, hissée haut par le drapeau noir, tu en as cousu tous les plis, tu les as teints et reteints dans le meilleur jus de pieuvre. J'entre à peine dans la vie et, grâce à toi, je ne crois plus à rien, ni à personne... L'homme doit vivre seul. Aimer, c'est abdiquer. Haïr, c'est s'affirmer. Je suis, je vis, j'attaque, je détruis. Je pense, donc je contredis. Toute autre vie menace un peu la mienne... »

Heureusement pour lui, nous savons qu'Hervé Bazin a connu autre chose que la haine dans sa vie !

VI. LES IDÉES

Nous les avons déjà pas mal vues dans le contexte de l'œuvre, mais rappelons ici :
- La notion dépassée des classes sociales

« Quant à la bourgeoisie, M. Rezeau la subdivisait en castes et sous castes, à la tête desquelles, nous le répétons, marchait la nôtre, la bourgeoisie spirituelle, la vraie la pure, la très vaticane, la non moins patriote, le sel de la terre, la fleur des élus. »

Quant au peuple : « … le peuple, non pas populus, mais plebs, ce magma grouillant d'existences obscures et désagréablement suantes... »

- La nécessité de se défendre à n'importe quel prix.
- Être constamment prêt à l'attaque où à la contre-attaque
- La nécessité de pouvoir être machiavélique. Diviser pour régner.
- La stupidité, aux yeux de Jean, de vivre dans le passé, sous le couvert de prétendus illustres ancêtres.
- Le plus fort gagnera et, étant le plus jeune, cela ne pourra être que lui.
- À propos de l'autorité, il dit : « L'autorité, ça se prend, ça ne se réclame pas comme des billes perdues. »
- Il n'a aucun respect pour ses précepteurs, qui sont tous des abbés. Il voit aussi la religion comme un moyen d'oppression et comme un soutien des nantis. Il en dit encore ceci : « Nous étions déjà habitués à la mentalité de la méfiance, d'origine sacrée, qui cerne tous les actes et mine les intentions de tout chrétien, ce pécheur en puissance. » Il est peu probable que Jean devienne ou reste un bon catholique !...
- Enfin, et surtout la nécessité de la révolte contre l'oppression !

VII. LE STYLE

Hervé Bazin écrit dans une très belle langue fluide, mais aussi d'une terrible précision. Il manie les mots avec habileté et ne manque ni d'ironie ni d'humour. Il a l'art de la formule qui frappe ou qui tue.

Dans la même collection en numérique

Les Misérables
Le messager d'Athènes
Candide
L'Etranger
Rhinocéros
Antigone
Le père Goriot
La Peste
Balzac et la petite tailleuse chinoise
Le Roi Arthur
L'Avare
Pierre et Jean
L'Homme qui a séduit le soleil
Alcools
L'Affaire Caïus
La gloire de mon père
L'Ordinatueur
Le médecin malgré lui
La rivière à l'envers - Tomek
Le Journal d'Anne Frank
Le monde perdu
Le royaume de Kensuké
Un Sac De Billes
Baby-sitter blues
Le fantôme de maître Guillemin
Trois contes
Kamo, l'agence Babel
Le Garçon en pyjama rayé
Les Contemplations

Escadrille 80

Inconnu à cette adresse

La controverse de Valladolid

Les Vilains petits canards

Une partie de campagne

Cahier d'un retour au pays natal

Dora Bruder

L'Enfant et la rivière

Moderato Cantabile

Alice au pays des merveilles

Le faucon déniché

Une vie

Chronique des Indiens Guayaki

Je voudrais que quelqu'un m'attende quelque part

La nuit de Valognes

Œdipe

Disparition Programmée

Education européenne

L'auberge rouge

L'Illiade

Le voyage de Monsieur Perrichon

Lucrèce Borgia

Paul et Virginie

Ursule Mirouët

Discours sur les fondements de l'inégalité

L'adversaire

La petite Fadette

La prochaine fois

Le blé en herbe

Le Mystère de la Chambre Jaune

Les Hauts des Hurlevent

Les perses

Mondo et autres histoires

Vingt mille lieues sous les mers

99 francs

Arria Marcella

Chante Luna

Emile, ou de l'éducation
Histoires extraordinaires
L'homme invisible
La bibliothécaire
La cicatrice
La croix des pauvres
La fille du capitaine
Le Crime de l'Orient-Express
Le Faucon malté
Le hussard sur le toit
Le Livre dont vous êtes la victime
Les cinq écus de Bretagne
No pasarán, le jeu
Quand j'avais cinq ans je m'ai tué
Si tu veux être mon amie
Tristan et Iseult
Une bouteille dans la mer de Gaza
Cent ans de solitude
Contes à l'envers
Contes et nouvelles en vers
Dalva
Jean de Florette
L'homme qui voulait être heureux
L'île mystérieuse
La Dame aux camélias
La petite sirène
La planète des singes
La Religieuse
1984 A l'Ouest rien de nouveau
Aliocha
Andromaque
Au bonheur des dames
Bel ami
Bérénice
Caligula
Cannibale
Carmen

Chronique d'une mort annoncée
Contes des frères Grimm
Cyrano de Bergerac
Des souris et des hommes
Deux ans de vacances
Dom Juan
Electre
En attendant Godot
Enfance
Eugénie Grandet
Fahrenheit 451
Fin de partie
Frankenstein
Gargantua
Germinal
Hamlet
Horace
Huis Clos
Jacques le fataliste
Jane Eyre
Knock
L'homme qui rit
La Bête humaine
La Cantatrice Chauve
La chartreuse de Parme
La cousine Bette
La Curée
La Farce de Maitre Pathelin
La ferme des animaux
La guerre de Troie n'aura pas lieu
La leçon
La Machine Infernale
La métamorphose
La mort du roi Tsongor
La nuit des temps
La nuit du renard
La Parure

La peau de chagrin

La Petite Fille de Monsieur Linh

La Photo qui tue

La Plage d'Ostende

La princesse de Clèves

La promesse de l'aube

La Vénus d'Ille

La vie devant soi

L'alchimiste

L'Amant

L'Ami retrouvé

L'appel de la forêt

L'assassin habite au 21

L'assommoir

L'attentat

L'attrape-coeurs

Le Bal

Le Barbier de Séville

Le Bourgeois Gentilhomme

Le Capitaine Fracasse

Le chat noir

Le chien des Baskerville

Le Cid

Le Colonel Chabert

Le Comte de Monte-Cristo

Le dernier jour d'un condamné

Le diable au corps

Le Grand Meaulnes

Le Grand Troupeau

Le Horla

Le jeu de l'amour et du hasard

Le Joueur d'échecs

Le Lion

Le liseur

Le malade imaginaire

Le Mariage de Figaro

Le meilleur des mondes

Le Monde comme il va

Le Parfum

Le Passeur

Le Petit Prince

Le pianiste

Le Prince

Le Roman de la momie

Le Roman de Renart

Le Rouge et le Noir

Le Soleil des Scortas

Le Tartuffe

Le vieux qui lisait des romans d'amour

L'Ecole des Femmes

L'Ecume Des Jours

Les Bonnes

Les Caprices de Marianne

Les cerfs-volants de Kaboul

Les contes de la Bécasse

Les dix petits nègres

Les femmes savantes

Les fourberies de Scapin

Les Justes

Les Lettres Persanes

Les liaisons dangereuses

Les Métamorphoses

Les Mouches

Les Trois mousquetaires

L'étrange cas du Dr Jekyll et de Mr Hyde

L'Ile Au Trésor

L'île des esclaves

L'illusion comique

L'Ingénu

L'Odyssée

L'Ombre du vent

Lorenzaccio

Madame Bovary

Manon Lescaut

Micromégas

Mon ami Frédéric

Mon bel oranger

Nana

Ne tirez pas sur l'oiseau moqueur

Notre-Dame de Paris

Oliver twist

On ne badine pas avec l'amour

Oscar et la dame rose

Pantagruel

Le Misanthrope

Perceval ou le conte du Graal

Phèdre

Ravage

Roméo et Juliette

Ruy Blas

Sa Majesté des Mouches

Si c'est un homme

Stupeur et tremblements

Supplément au voyage de Bougainville

Tanguy

Thérèse Desqueyroux

Thérèse Raquin

Ubu Roi

Un Barrage contre le Pacifique

Un long dimanche de fiançailles

Un secret

Vendredi ou la vie sauvage

Vipère au poing

Voyage au bout de la nuit

Voyage au centre de la terre

Yvain ou le Chevalier au lion

Zadig

À propos de la collection

La série FichesdeLecture.com offre des contenus éducatifs aux étudiants et aux professeurs tels que : des résumés, des analyses littéraires, des questionnaires et des commentaires sur la littérature moderne et classique. Nos documents sont prévus comme des compléments à la lecture des oeuvres originales et aide les étudiants à comprendre la littérature.

Fondé en 2001, notre site FichesdeLectures.com s'est développé très rapidement et propose désormais plus de 2500 documents directement téléchargeables en ligne, devenant ainsi le premier site d'analyses littéraires en ligne de langue française.

FichesdeLecture est partenaire du Ministère de l'Education du Luxembourg depuis 2009.

Plus d'informations sur www.fichesdelecture.com

Notes :